Vente du Vendredi 4 Juillet 1879,

HOTEL DROUOT, SALLE N° 5

TABLEAUX

ET

OBJETS DE CURIOSITÉ

BIJOUX

Composant la Collection de M. X***

EXPOSITION PUBLIQUE

Le Jeudi 3 Juillet 1879

De une heure à cinq heures.

COMMISSAIRE-PRISEUR :

Mᵉ CHARLES PILLET, 10, rue de la Grange-Batelière.

EXPERTS

M. CHARLES MANNHEIM, | M. GEORGES PETIT,
7, rue Saint-Georges. | 7, rue Saint-Georges.

CATALOGUE

DES

TABLEAUX MODERNES

ET

OBJETS DE CURIOSITÉ

Bijoux ornés de pierreries ;
Manuscrits du XVIᵉ siècle ; montres des époques Louis XV et Louis XVI ;
Médailles et monnaies en or et en argent ;
Médaillons en bronze ; objets variés.

Composant la Collection de M. X***

DONT LA VENTE AURA LIEU

HOTEL DROUOT, SALLE Nº 5,

Le Vendredi 4 Juillet 1879,

A DEUX HEURES.

Par le ministère de Mᵉ **CHARLES PILLET**, Commissaire-Priseur,
10, rue de la Grange-Batelière,

Assisté de **M. CH. MANNHEIM**, Expert, 7, rue Saint-Georges,

Et de **M. GEORGES PETIT**, Expert, 7, rue Saint-Georges,

Chez lesquels se trouve le présent Catalogue.

EXPOSITION PUBLIQUE : Le Jeudi 3 Juillet 1879,

DE UNE HEURE A CINQ HEURES

CONDITIONS DE LA VENTE

La vente se fait au comptant.

Les acquéreurs paieront *cinq pour cent* en sus des enchères applicables aux frais.

L'exposition mettant le public à même de se rendre compte de l'état des objets, il ne sera admis aucune réclamation une fois l'adjudication prononcée.

Paris. — Typ. PILLET et DUMOULIN, 5, rue des Grands-Augustins.

DÉSIGNATION

TABLEAUX MODERNES

ARNOUX

1 — L'heure de la soupe.

> Haut., 26 cent.; larg., 21 cent.

BAYARD (ÉMILE)

2 — L'Ange de la vengeance.

Grisaille.

> Haut., 1 m. 55 cent.; larg., 1 m. 20 cent.

BERGERET

3 — Prunes.

> Haut., 36 cent.; larg., 54 cent.

BERGERET

4 — Crevettes.

Haut., 39 cent.; larg., 54 cent.

BLIN

5 — Paysage (effet de soir).

Haut., 23 cent.; larg., 31 cent.

BROOS

6 — La Réunion.

Haut., 18 cent.; larg., 25 cent.

BRUNE

7 — Cupidon.

Forme ovale.

Haut., 42 cent.; larg., 33 cent.

BURGERS

8 — La Jeune mère.

Haut., 78 cent.; larg., 1 m. 15 cent.

BURGERS

9 La Pêche à la ligne.

Haut., 58 cent.; larg., 70 cent.

BURGERS

10 — Intérieur.

Haut., 24 cent.; larg., 32 cent.

BURGERS

11 — L'Etude.

Haut., 24 cent.; larg., 32 cent.

DAUBIGNY

12 — Paysage, soleil couchant.

Haut., 18 cent.; larg., 34 cent.

DEFAUX

13 — La Basse-Cour.

Haut., 32 cent. ; larg., 52 cent.

DELANOY

14 — Fruits sur une table.

Haut., 36 cent.; larg., 45 cent.

DUBASTY

15 — Blanchisseuse.

Haut., 40 cent.; larg., 32 cent.

EVERSEN

16 — Vue d'Alkmaar.

Haut., 22 cent.; larg., 18 cent.

B. DE GEMPT.

17 — Chien.

Haut., 28 cent.; larg., 38 cent.

HILVERDINK (ALEXANDRE)

18 — Moulin à eau.

Haut., 34 cent.; larg., 48 cent.

JANSSENS

19 — Une Femme de la halle.

Haut., 46 cent.; larg., 36 cent.

LEICKERT

20 — Paysage, effet d'hiver.

Haut., 28 cent.; larg., 40 cent.

MUSIN

21 — Marine, soleil couchant.

Haut., 25 cent.; larg., 42 cent.

MUSIN

22 — Marine, soleil couchant.

Haut., 25 cent.; larg., 42 cent.

PALIZZI

23 — Chevrière.

Haut., 20 cent.; larg., 16 cent.

PELOUSE

24 — Paysage, effet d'automne.

Haut., 39 cent.; larg., 50 cent.

PERRACHON

25 — Roses.

Haut., 56 cent.; larg., 72 cent.

PORTIELJE

26 — Chez le notaire.

Haut., 34 cent.; larg., 46 cent

RŒLOFS

27 — Pâturage.

Haut., 47 cent.; larg., 73 cent.

ROSIERSE

28 — Intérieur, effet de lumière.

Haut., 49 cent.; larg., 36 cent.

ROUGERON

29 — Le Rendez-vous.

Haut., 14 cent.; larg., 10 cent.

ROUSSEAU (PH.)

30 — Nature morte.

Haut., 35 cent.; larg., 50 cent.

SCHENKEL

31 — Intérieur d'église.

Haut., 25 cent.; larg., 19 cent.

SPRINGER

32 — Vue de Harderwyk, l'hiver.

Haut., 19 cent. ; larg., 25 cent.

TEN KATE (H.)

33 — Scène d'intérieur.

Haut, 17 cent.; larg., 21 cent.

TEN KATE (H.)

34 — Au puits.

Haut., 56 cent.; larg., 72 cent.

TEN KATE (H.)

35 — Chanteurs au cabaret.

Haut., 17 cent.; larg., 21 cent.

VAN TRIGT

36 — Intérieur d'église.

Haut., 23 cent.; larg., 33 cent.

TROUILLEBERT

37 — Bords de rivière.

Haut., 63 cent.; larg., 80 cent.

TROUILLEBERT

38 — Paysage.

Haut., 63 cent.; larg., 80 cent.

WALDORP

39 — Marine.

Haut., 27 cent.; larg., 35 cent.

VALKENBURG

40 — Intérieur hollandais.

Haut., 52 cent., larg., 64 cent.

VALKENBURG

41 — Vieille femme cousant.

Haut., 52 cent.; larg., 39 cent.

VALKENBURG

42 — La jeune Mère.

Haut., 56 cent. ; larg., 71 cent.

WEISSENBRUCH

43 — La Causerie.

WINDT

44 — Jeune fille cousant.

Haut., 37 cent.; larg., 27 cent.

VAN DER VOORT

45 — Gobelet et perles.

Haut., 31 cent.; larg., 22 cent.

VAN DER VOORT

46 — Saumon et fruits.

Haut., 75 cent.; larg., 57 cent.

VROLYK

47 — Une Étable.

Haut., 25 cent.; larg., 37 cent.

TABLEAUX ANCIENS

BRAUWER
(attribué à)

48 — Paysan fumant sa pipe.

Haut., 16 cent.; larg., 14 cent.

HONDEKOETER (MELCHIOR)

(attribué à)

49 — Nature morte.

Haut., 58 cent.; larg., 75 cent.

LARGILLIÈRE

(attribué à)

50 — Fleurs.

Haut., 35 cent.; larg., 44 cent.

WOUWERMAN

(attribué à)

51 — Cheval.

Haut., 21 cent.; larg., 28 cent.

52 — Tableau à musique.

OBJETS D'ART

OBJETS VARIÉS

53 — Joli manuscrit in-8° sur vélin. Livre d'heures allemand du xvᵉ siècle, enrichi de sept miniatures et de lettres ornées, et précédé du calendrier. Reliure en maroquin rouge, doré au fer.

54 — Autre manuscrit allemand du xvᵉ siècle, sur vélin, enrichi de lettres ornées.

55 — Médaillon en bronze, buste du duc de Choiseul.

56 — Cinq médaillons en bronze, représentant des sujets variés. Ce lot sera divisé.

57 — Trente-six pièces de monnaie ou médailles en argent.

58 — Quatorze pièces de monnaie d'or anciennes, la plupart orientales.

59 — Deux jardinières à deux anses, en porcelaine moderne de Saxe, décorées de fleurs.

60 — Garnitures de cheminée en bronze vert, composée
d'une pendule et deux candélabres.

61 — Plateau rond en porcelaine dure, à fond bleu et
médaillon, groupe de deux figures.

BIJOUX

62 — Paire de boutons d'oreilles à entrelacs, montés de
rubis et de brillants.

63 — Épingle de coiffure, formée d'une mouche enrichie
d'émeraudes et de diamants.

64 — Bracelet porte-bonheur en or, enrichi de sept rubis
et de six brillants.

65 — Bracelet analogue, monté de neuf saphirs et de huit
brillants.

66 -- Bague d'or montée d'une perle entourée de roses.

67 — Plaque ronde portant un chiffre turc se détachant
en émail noir sur un fond pavé de roses.

68 — Boîte oblongue à couvercle bombé en ivoire, prise
dans le bloc, avec charnières et clef en or.

69 — Miroir à main en ivoire sculpté à figures d'enfants
et ornements

70 — Petit vase à panse ovoïde en spath fluor.

71 — Monture d'éventail en nacre sculptée rehaussée d'or.

72 — Montre et son crochet en onix avec monture en or
et enrichie de roses.

73 — Pendant de cou et petite croix en roses.

74 — Jolie montre Louis XV à répétition en or repoussé,
à figures et ornements. Le boitier intérieur est gravé
et repercé à jour.

75 — Grosse montre à réveil en argent gravé et repercé
à jour, avec double boîte piquée d'argent. Époque
Louis XIV.

76 -- Montre de la fin du règne de Louis XVI, en or
émaillé à fond bleu et décorée d'un sujet familier.

77 — Grosse montre en cuivre émaillé, décorée des
figures de Flore et de Zéphir, avec paysages au pour-
tour. Travail attribué aux frères Huaut. Double boîte
en argent.

78 — Montre plate en or émaillé à fleurs et figure d'en-
fant.

79 — Tabatière carrée en ancienne porcelaine de Saxe, décorée de fleurs et de fruits.

80 — Etui en émail de Saxe à fond rose et médaillons de paysages.

81 — Six boîtes diverses en émail de Saxe à décors variés.

82 — Bonbonnière émaillée, décorée de sujets champêtres et doublée en argent doré. Travail moderne.

83 — Lorgnette en cuivre doré.

84 — Petite boîte ronde en argent ; le couvercle est orné d'une peinture sur émail représentant un bouquet de fleurs.

85 — Petite boîte en jaspe de Sicile. Le dessus est orné d'une mosaïque de Rome.

86 — Deux petites boîtes en argent.

87 — Petite boîte ovale en argent repercé à jour. Elle contient un portrait de femme peint sur cuivre.

88 — Porte-tasse en or émaillé à trophées, ornements et fleurs. Travail de Genève.

89 — Deux broches d'or, l'une d'elles ornée d'une peinture sur émail, l'autre d'un portrait de femme peint sur porcelaine.

90 — Bague d'or avec chaton orné d'un grenat, entouré
de turquoises.

91 — Trois paires boucles d'oreilles, ornées de perles et de
pierreries.

92 — Deux petites boîtes en cuivre repoussé. Epoque
Louis XV.

93 — Deux pièces : boîte en coquille garnie en argent et
étui forme cœur en argent.

94 — Jeu de Tarot de la fin du xviii° siècle.

95 — Etui de forme ovale en écaille, décoré de figures et de
fleurs sculptées en relief. Travail chinois.

96 — Petit presse-papier en bois noir, orné d'une appli-
que en or repoussé.

97 — Cachet en corail sculpté.

98 — Médaillon rond peint sur émail : Loth et ses filles.

99 — Trois médailles d'or hollandaises, datées de 1719,
1758 et 1764.

100 — Grande médaille de mariage en argent. Travail
hollandais du xviii° siècle.

www.ingramcontent.com/pod-product-compliance
Lightning Source LLC
LaVergne TN
LVHW012135170726
843501LV00008BC/3202